刘炳清书画作品选

广西美术出版社

刘炳清　笔名曹山、二步堂主，广东揭阳人。中国书法家协会会员，中国书法家协会国际交流委员会委员，广西书法家协会副主席，新加坡书法家协会评议员，中国书法家协会第四次全国代表大会代表，第四、第五届全国刻字艺术展评委。有近百幅书法作品入选国内外书法大展并获奖，还有许多作品立石于各地碑林景区，并被收藏于各地博物馆、纪念馆。一九九六年漓江出版社出版有《刘炳清书画集》，中央电视台及各地媒体对其作品曾有专题报道。

联系地址：桂林市翠竹路 13 号 7 栋
电话： 13707736244　13197713899
邮编： 541002

字须瘦硬方通神

——赏读刘炳清书画作品

吴昌明

认识炳清兄是二十年前的一个夏天，当时我还在《桂林日报》社做美术编辑。那年，他的一幅书法入选了“国际书法展览”，这个成绩在当时来说是足以让人对他刮目相看的——因为当时的整个桂林，仅仅入选了两个人的作品，一个是在当时享有盛名的书画界宿将李骆公先生，另一个就是默默无闻的青年炳清。尽管当时我并不认识他，但是由于他为桂林市争得了荣誉，所以就欣然为他写了一篇拙文《也许他会成为名家》发表在《桂林日报》上。事隔十年后，炳清果然功成名就，以中国书法家协会会员的身份结集出版了他的个人书法专集。而今，他又拿来了即将出版的个人书画集清样向我征求意见。朋友出书，这就好比妇人生崽，更何况他是连生“数胎”，自然很是为他高兴。看来炳清的这桌喜酒是请定了。

炳清兄的书法大都写得瘦挺劲健，这点颇有点像他那目炯炯而神奕奕、气啸啸而骨铮铮的仙风道骨的外貌。杜甫说：“字须瘦硬方通神。”通观他的作品，其笔下的线条结实而富有弹性，在劲挺的笔画中显示出老辣开张的笔势和雄强内敛的力度来，可谓清而不弱，秀而不媚，险而不失，沉而不滞。他笔下的草书，追求一种清逸率真的意境，字的结体变形而夸张，充满了音乐的韵律，看似率意，实则笔笔恪守法度，远观则清清朗朗，近看则婀娜多姿，透露出一种如锥划沙气沉丹田纵横跌宕的气势。他的字造型既生平正，也出险绝：有的如危猿攀枝，有的似寿鹤挂树，有的像麻雀啄食，有的像秋蛇归洞，世间万物之相，“唯笔软则奇怪生焉”。汉代大家蔡邕就说：“凡欲结构字体，皆欲像其一物，若鸟之形，若虫食叶，若山若树，纵横有托，运用合度，方可谓书。”炳清兄看来是深得其中三昧的。

在这个集子当中，无论是书法绘画还是刻字刻印，都显示出了炳清长期以来不断完善不断修炼的艺术品格，这种品格不仅有赖于他扎实的基本功，更有赖于他广涉博收的艺术修养，也就是人们常说的艺外功夫。炳清的小楷，洋洋洒洒万余字，隽秀而灵动，但却不失重拙，一笔一画，字字珠玑；行笔结体，绝不苟且。写楷书最忌讳刻板呆滞，字一呆滞，则生气全无。细细玩味炳清笔下的小楷，颇得“静水流深”的趣味，看似严谨，实则闲散；看似庄重，实则活泼，很有那么几分“带着镣铐跳舞”的大家情性。炳清的小楷的表象是一种“淡”，是一种“朴”。苏子瞻曾说：“笔势峥嵘，辞采绚烂，渐老渐熟，乃造平淡。实非平淡，绚烂之极。”东坡先生的“造淡”说看似从“禅”悟出，实则出于庄子的“既雕既琢，复归于朴”。可见炳清的小楷，“非钻仰之力，澄练之功，所可强人”。

炳清其他的一些作品，如中堂、横批、条幅、斗方、对联、刻字、篆刻等，都蕴藏着一种具有冲击力的画面艺术效果，这一如他偶然为之的一些诗歌，平平仄仄，婉转顿挫，或疏或密，或紧或松，率意而出，风情有致，得一种清雅不俗玉树临风的格调。炳清的竹刻作品集书法、绘画、篆刻为一炉，既保持了书法本身重拙大的艺术含量，同时又注入了绘画中的色彩对比关系、构图的虚实分割以及具有现代意识特征的独特艺术语言风格，使其为数不多的刻字作品让人读来如沐春风，如临雅士。

最后再谈谈炳清的画。他的画显然是属于那种“寥寥数笔以聊写胸中逸气”的率意而为的文人画。炳清的丹青重在写，其线条所表现出的骨力是一般画家所不能企及的。因为重在写，所以整个画面充满了文人“写意”的艺术情趣；其构图也可谓处理精当，虚实收放往往在不经意中得天真之趣；其对墨色的掌控和把握也比较到位，或浓或淡，或干或湿，都无一不充分地展现出了他作为有着多种艺术天分的艺术家的修养和才情。他笔下的兰花，其线条疏朗自如，如锥划沙，干脆而利落，造型之准确实有赖于他扎实的书法功力，可谓寥寥数笔，满纸飘香；又比如他的山水画，墨分五彩，着色则根据画面的需要而稍加点染，在表现手法上点线面结合，疏于画理，重意重趣，在传统技法的基础上又融入了自己对山水绘画的理解，有着自己以书法入画的独特笔墨语言，画面淡雅疏放，有着一股浓烈的王维山水田园诗的画面艺术效果。

总之，炳清这次结集出版的个人集，可谓件件都是他近年来为数不多的精品，很是值得一读。

二零零六年五月二十八日深夜记于桂林漓江畔

倚筇随处弄潺湲

刘炳清书法浅说

林锐翰

宋人朱熹有诗云："步随流水觅溪源，行到源头却惘然。始悟真源行不到，倚筇随处弄潺湲。"极富思辩色彩的理学诗，可以写得这样闲适，这大概是东方学人观照宇宙，探求人生究竟的表现形式。宗白华先生以散步的形式游历美学的花园，与文艺复兴时期艺术家们用数学、透视学、解剖学、色彩学来画画相比，中国艺术真是太闲适了。我品读刘炳清先生书法的时候，最大的感受即是这种闲适。

炳清先生的书法以抒写性灵、畅情达意见长，这与他的禀赋器局是分不开的。先生性随和，为人畅达，属于城府不深而能坚守信念，志向不大却有独特追求的文人秉性。所以，当他在对传统的学习理解后，找准了从二王的书札到宋代文人书法和明清行草这一尚意书脉为自己的艺术追求。炳清先生对传统的学习无疑是高明的，从浩如烟海的碑帖中耳濡目染，或披阅、或临摹、或分拆、或整合，有时独取其笔，有时抉其情态，都能找到适合自己传情达意的形式。既不囿于某家某法，又时时从某家某法中得到新的启发和灵感，一直与传统保持一种若即若离的状态。尤其是近期的作品，可见他作书全凭灵气和感受，一切形式都服务于自己的感受和情绪。欣赏他的作品，每每能感受到不同的情态和意境，或纵情恣肆，或郁结盘桓，或闲庭信步，或意气昂扬。通过其作品不时能透视出书家挥洒时的心态和情绪，这种创作模式，正印证了石涛"兴到写花如戏影"酣畅淋漓的表现色彩。我想这正是炳清先生所追求的我笔写我心的境界，毛笔字有了生命，有了情感的凝结，承载了心灵，便进入了艺术的境界。

炳清先生曾对我说："我没有进入过某一家"。我曾以为是，因为他的书法已经很难看出是某家某法了。他的书法观很从容，他认为书法只是传达感情信息的一种手段。正如黄道周所谓"作书是学问中第七八乘事"一样，他似乎更乐意追求字外的天地，书法只是旅行中"倚筇随处弄潺湲"而已。然而，从他的书法成就来看，却绝不是浅尝辄止所能达到的，因为毛笔字要成为书法艺术这一步之遥，往往要经历千山万水。我曾见他早年临摹黄庭坚的行楷，即形神毕肖，更不用说在二王、苏东坡、米芾、王铎、傅山、张瑞图诸辈下的工夫了。他所说的"没有进入某一家"，其实是没有为某一家所役。这种表似不求甚解，实则用意极深的求道方式，正体现了他的睿智、颖悟的本性。董其昌在《画禅室随笔》中说：

大慧禅师论参禅云："譬如人具万万赀，吾皆籍没尽，更与索债"。此语殊类书家关捩子。米元章云："如撑急水滩船，用尽气力，不离故去"。故书家妙在能合，神在能离。所欲离者，非欧虞褚薛诸名家伎俩，直欲脱去右军老子习气，所以难耳。哪吒拆骨还父，拆肉还母，若别无骨肉，说甚虚空粉碎，始露全身。

的确，作为传统艺术，书法的内涵太丰富了，没有"步随流水觅溪源"的辛劳，是不可能有"倚筇随处弄潺湲"的愉悦的。每一个书家都不得不面对传统这一永恒的主题，刘炳清也不例外。正是曾经苦心孤诣地对传统下过苦功后才拆骨还父，拆肉还母，始露全身的，可贵之处在于他识得"有骨肉"和"虚空粉碎"的关系。所谓"道要知得，知得又要行得，行得又要证得，证得又要忘得，忘得方才用得"。

炳清先生最擅长的应算是他的行草，我想这与他表似闲适实则深密的性格有必然联系。观其书，往往如行云流水，随意所恣，然每行于所当行，止于所当止。九十年代初他曾强调不要过早定型，然而，从一九八五年在河南国际书展与老一辈书家同堂展出，到近期参加全国书协会员优秀作品展一路看来，可窥见其闲适遣兴书风的逐步形成。他的行书以碑化帖，由于线条的涩进，增强了线条的质感和结构的跌宕，草书则意多于笔，颠放奇逸，灵气往来，有"攒峰若雨纵横扫"之痛快。当其书写时，一切的技巧成法都退居第二位，完全以气御笔，我自写我之心胸，揭我之须眉。不论高堂大轴还是寸缣尺素，皆兴到笔随，沉着痛快，颇能驱役古人，自抒胸臆。其余如尺牍、诗稿、题跋也皆盎然有味，自成家数。对炳清先生来说，创作是一管在手，不恨臣无二王法，恨二王无臣法，下笔无杂念，无顾忌，一味率真，自写性情而已。

正是这种从容闲适的书法观，超以象外，得其环中，使炳清先生的创作道路走得那么潇洒。艺术往往是在"能事不受相促迫"时才能产生的，炳清先生每有佳构，正在于此。"倚筇随处弄潺湲"这种近似游戏的状态，把书法的"写"还原到"泻"的本来面目。胸中奇气一泻为快，炳清先生把握了这一点，从自发到自觉，把书法作为精神的载体，用书法书写心胸每一瞬间的变化和灵感，以我为本，可谓抓住了书法艺术的真魂。"倚筇随处弄潺湲"既是一种澄怀味道的高层次审美境界，又是艺术家探索艺术的过程，书法家的意义正在于这一探索过程。正如乘兴访戴，刘炳清选择这种过程即目的的艺术理念，无疑是高明的，这就注定了他的道路会越走越通。

作品目录

张老先生一笑　44cm×35cm

（为请广西书法家协会名誉主席张开政先生点评作品而书）

洗砚新添三尺水　　藏书深入万重山　35cm×133cm

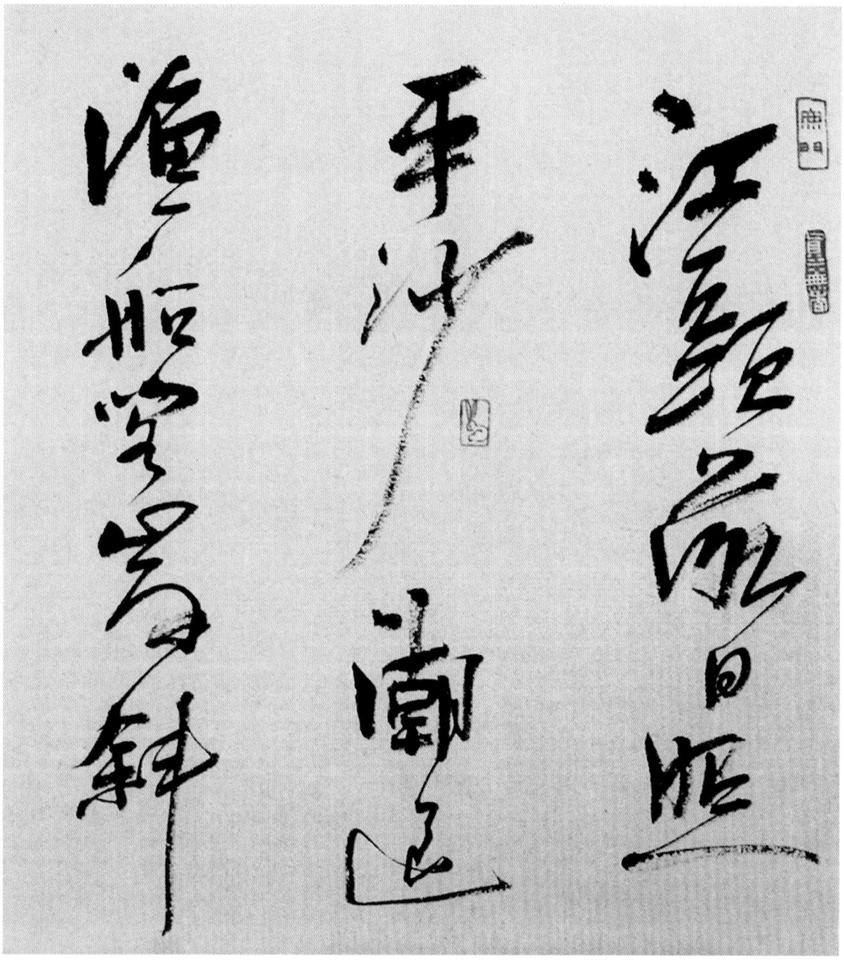

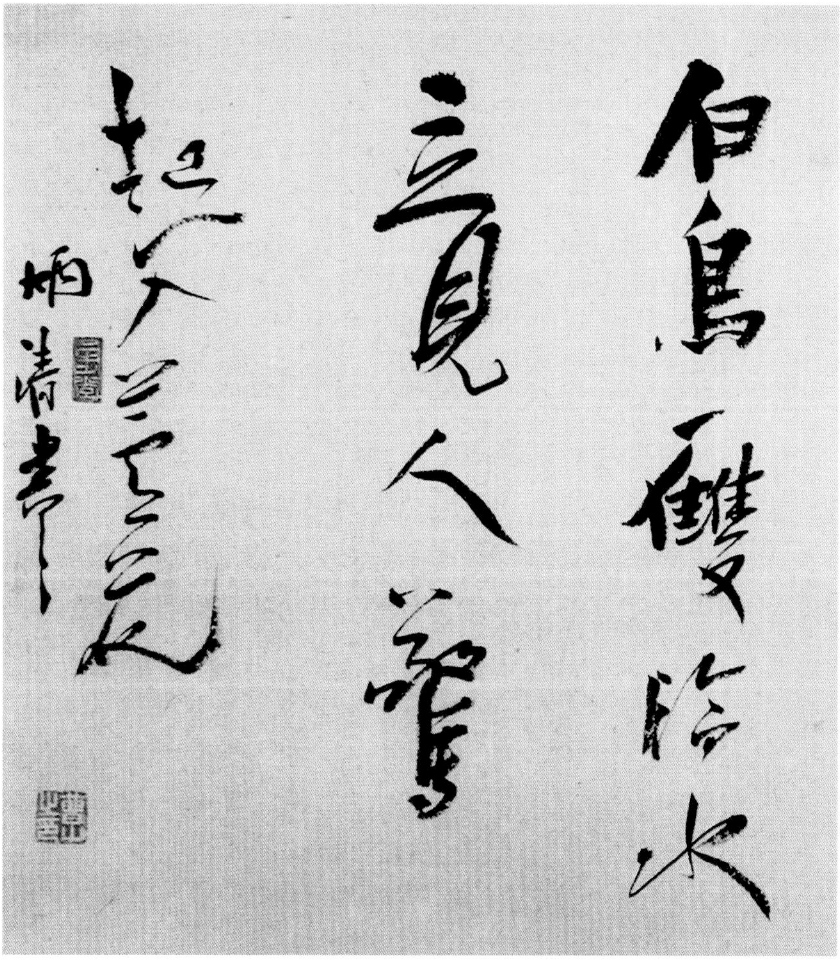

戴复古诗《江村晚眺》
44cm×40cm×2

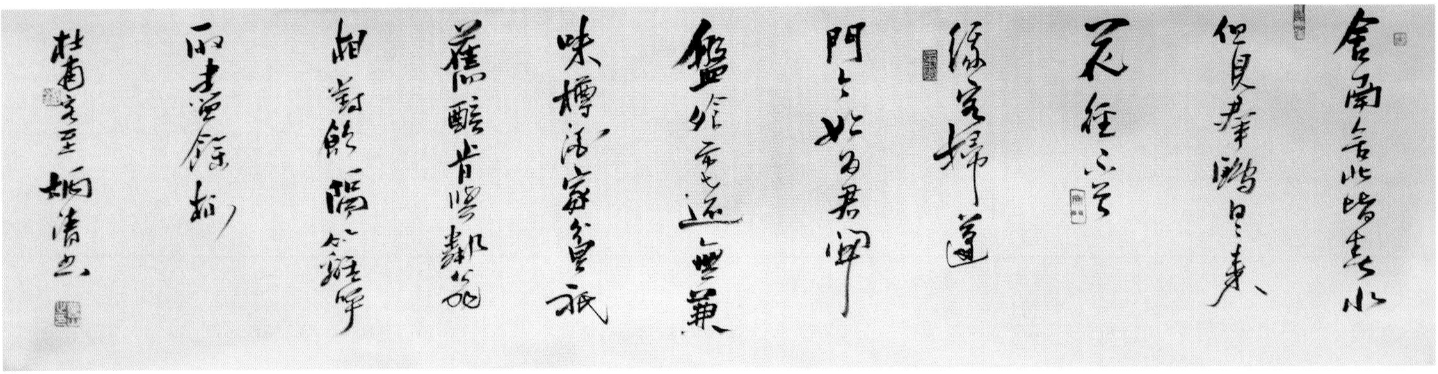

杜甫诗《客至》 35cm×138cm

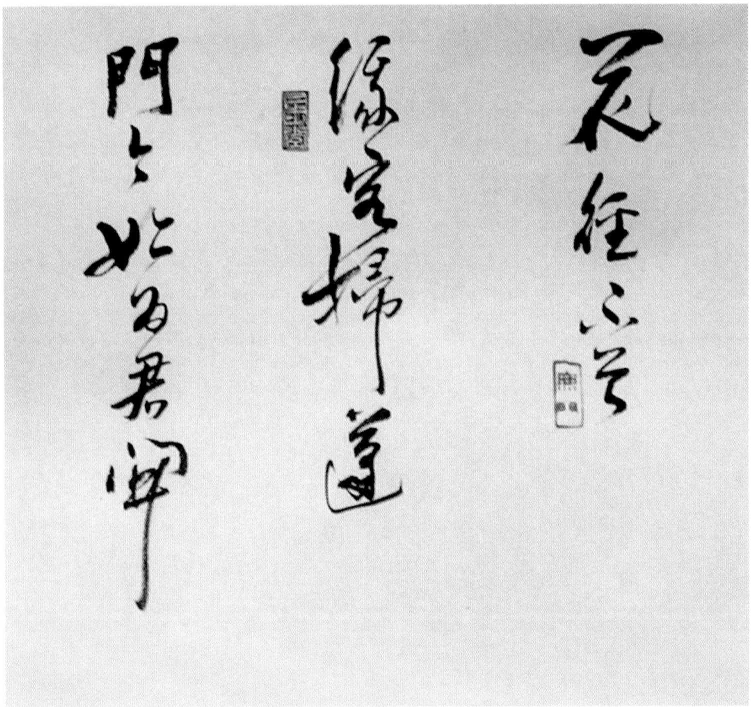

杜甫诗《客至》（部分）

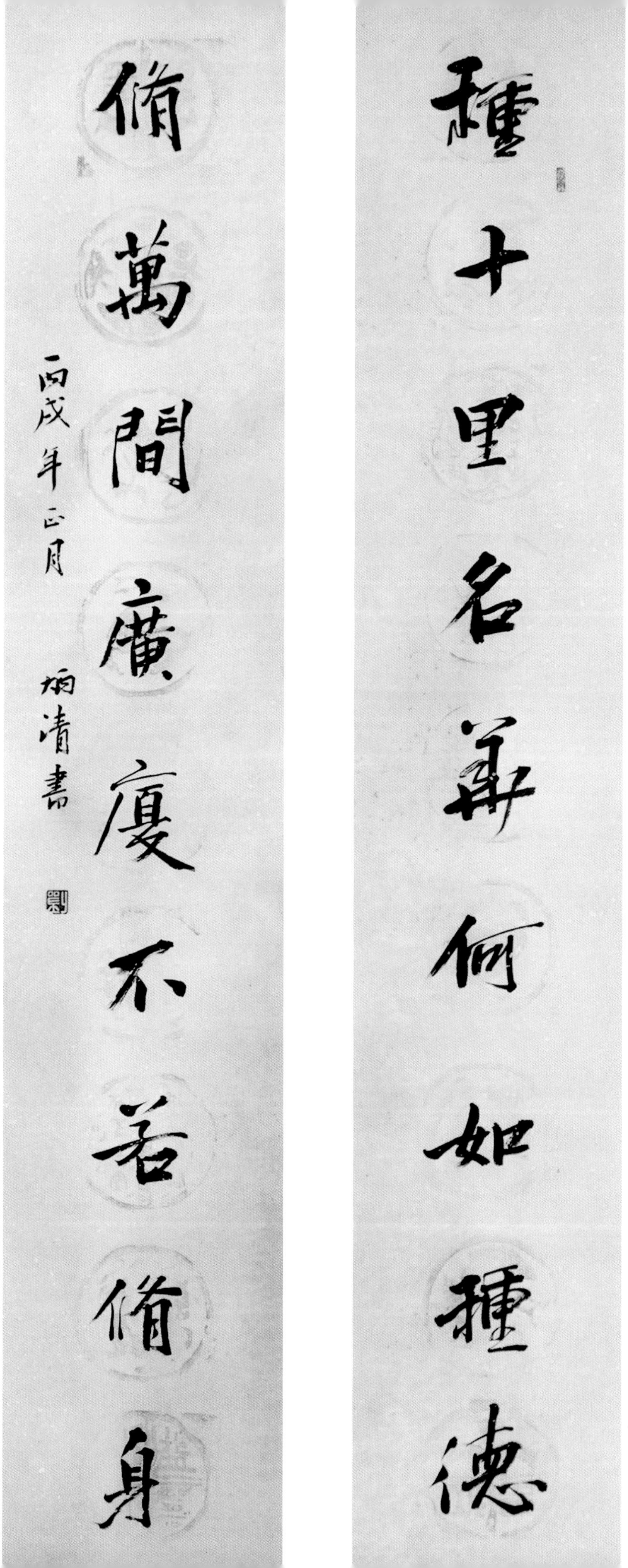

对联

180cm×36cm×2

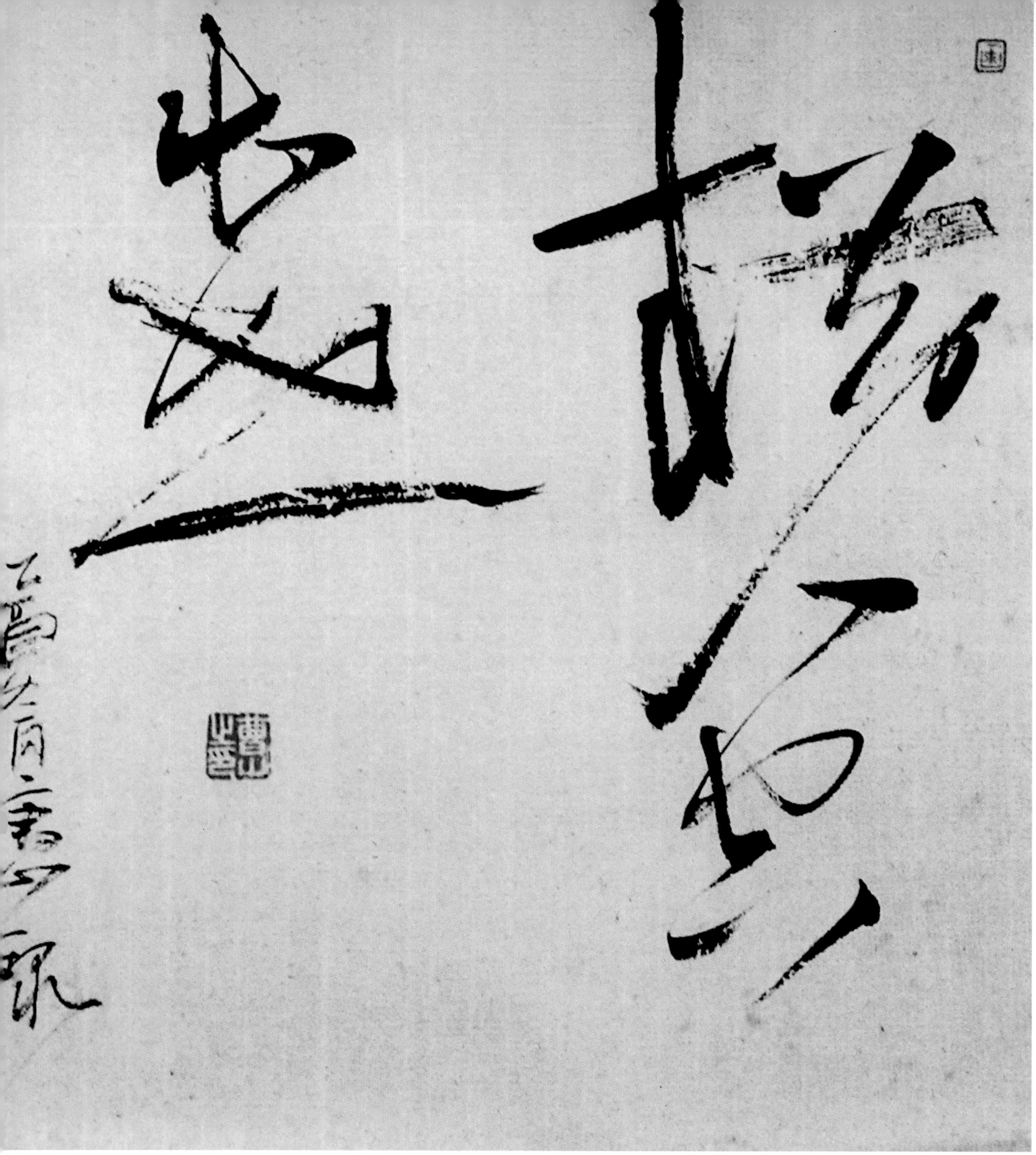

横空出世　44cm×40cm

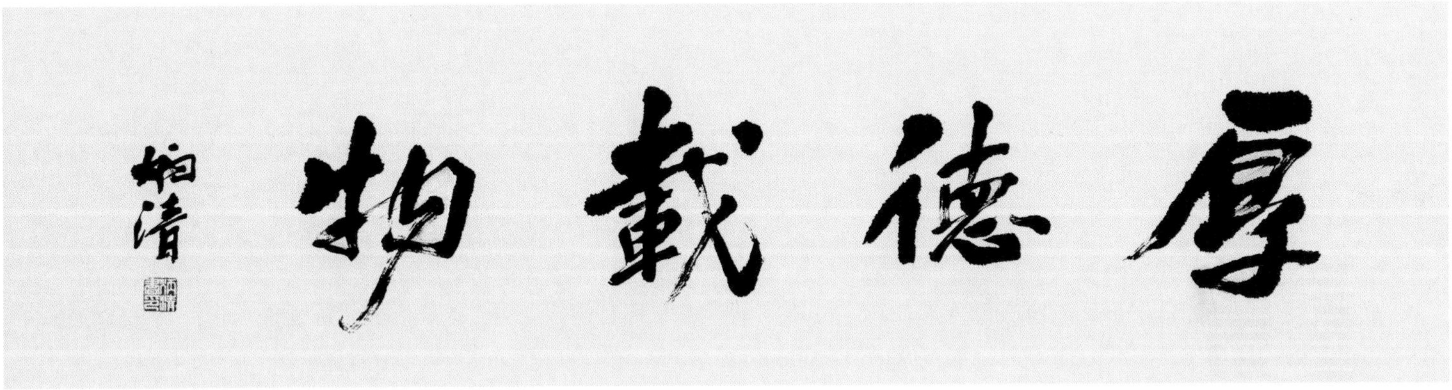

厚德载物　35cm×135cm

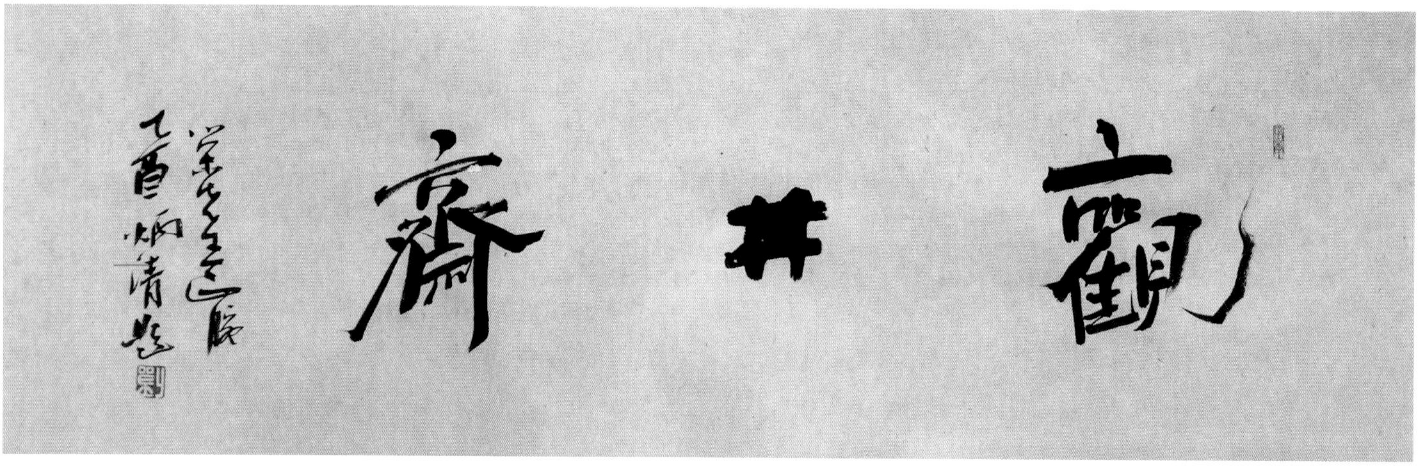

观井斋　35cm×112cm

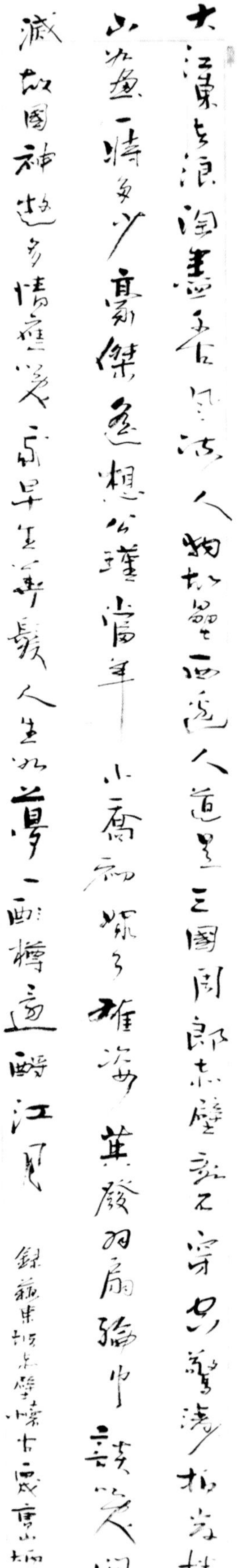
大江东去浪淘尽千古风流人物故垒西边人道是三国周郎赤壁乱石穿空惊涛拍岸卷起千堆雪江
山如画一时多少豪杰遥想公瑾当年小乔初嫁了雄姿英发羽扇纶巾谈笑间樯橹灰飞烟

苏东坡《念奴娇·赤壁怀古》
240cm×35cm

怡情养志　40cm×240cm

对联
240cm×35cm×2

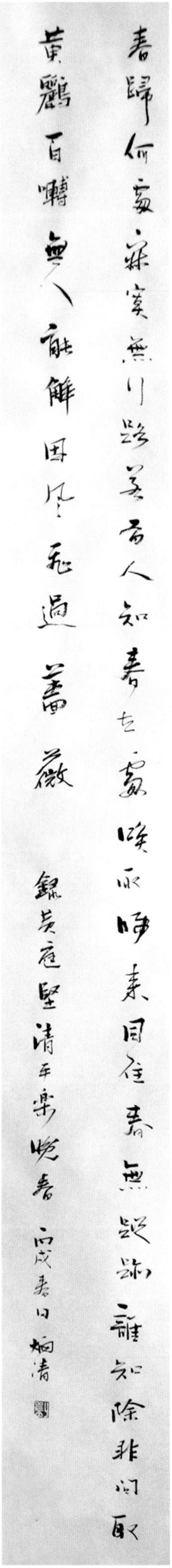

黄庭坚《清平乐·晚春》
240cm×30cm

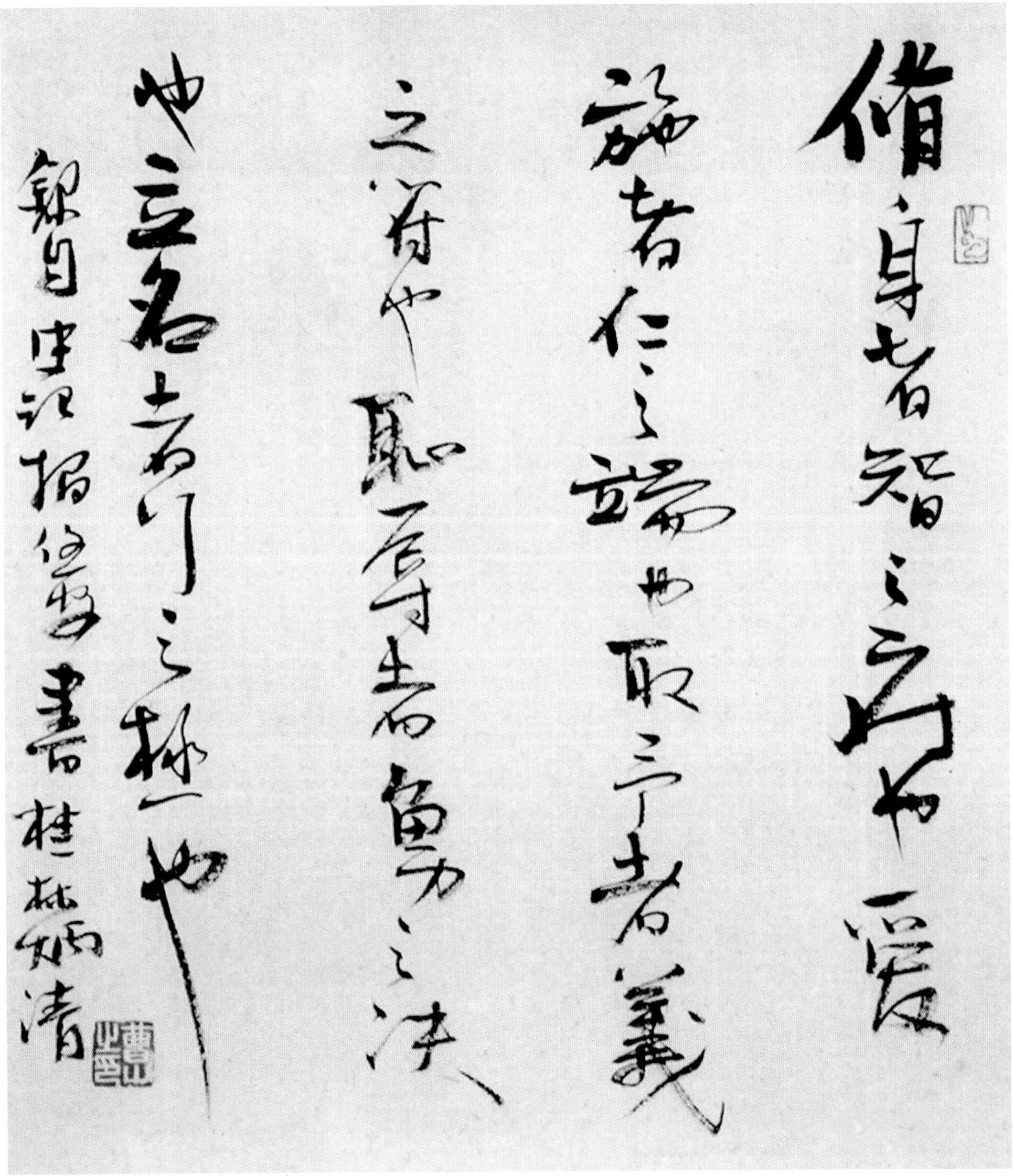

《史记》句　44cm×40cm

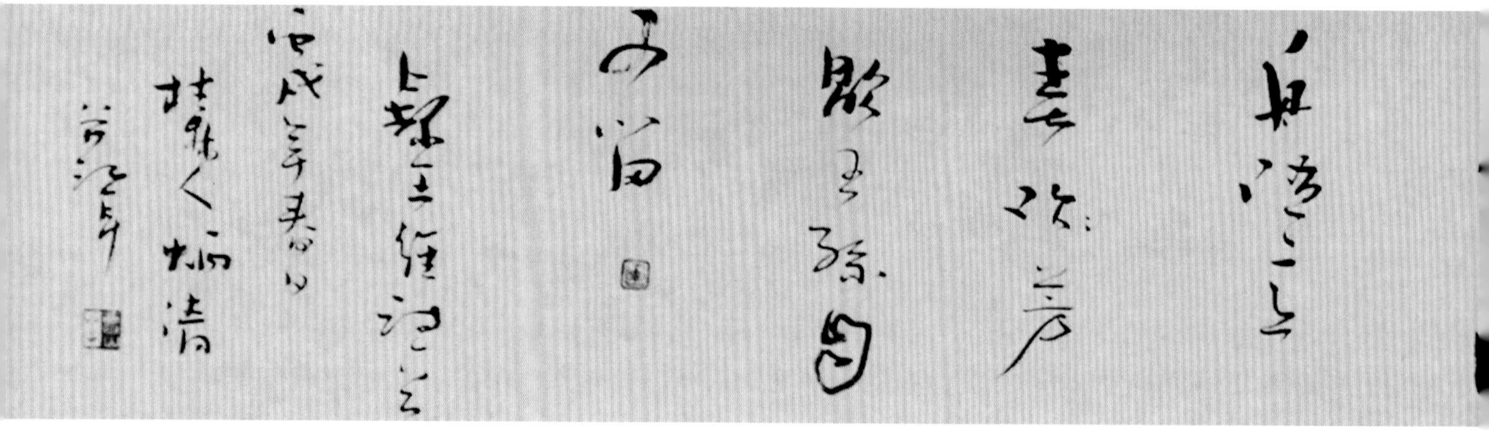

杨钜源诗《城东早春》 20cm×138cm

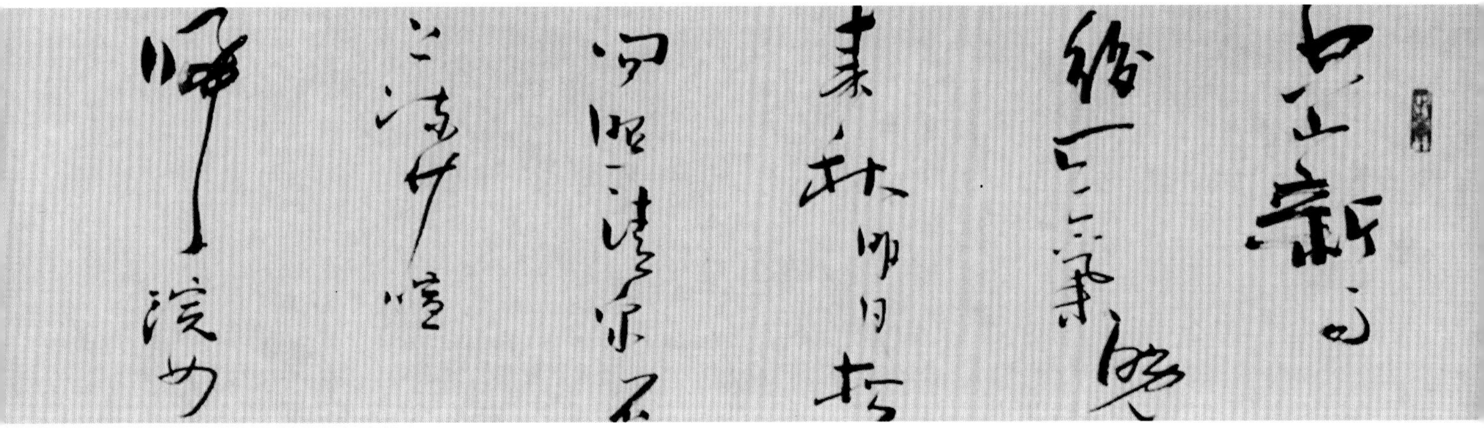

王维诗《山居秋暝》 20cm×138cm

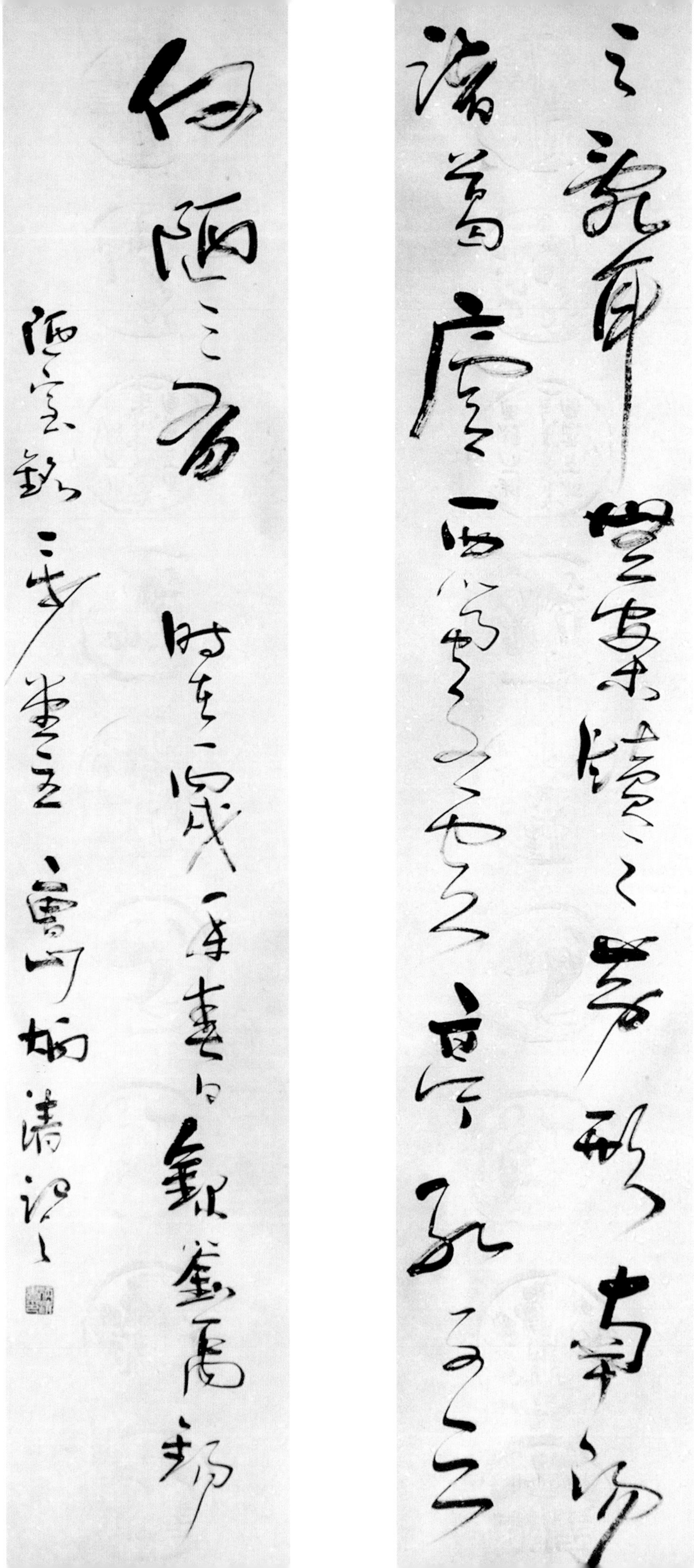

刘禹锡《陋室铭》
180cm×35cm×4

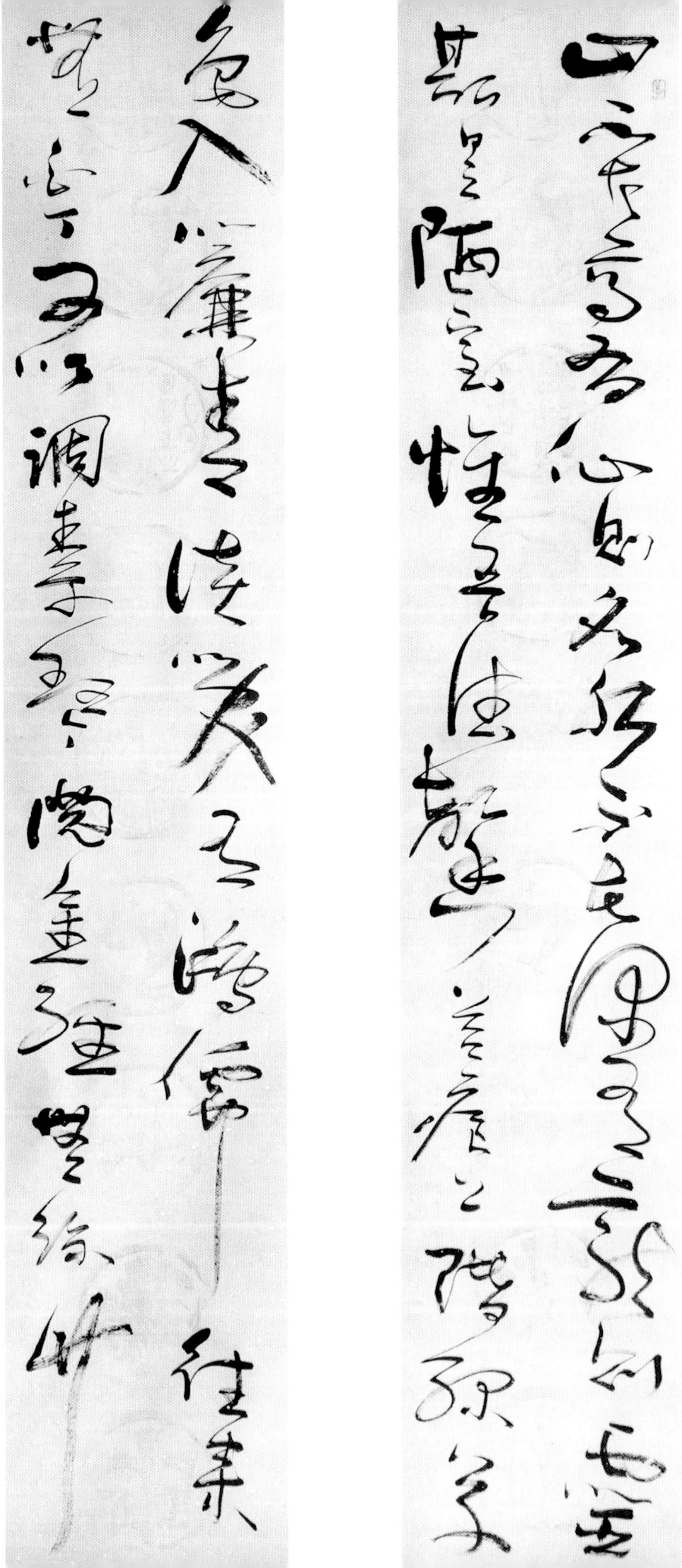

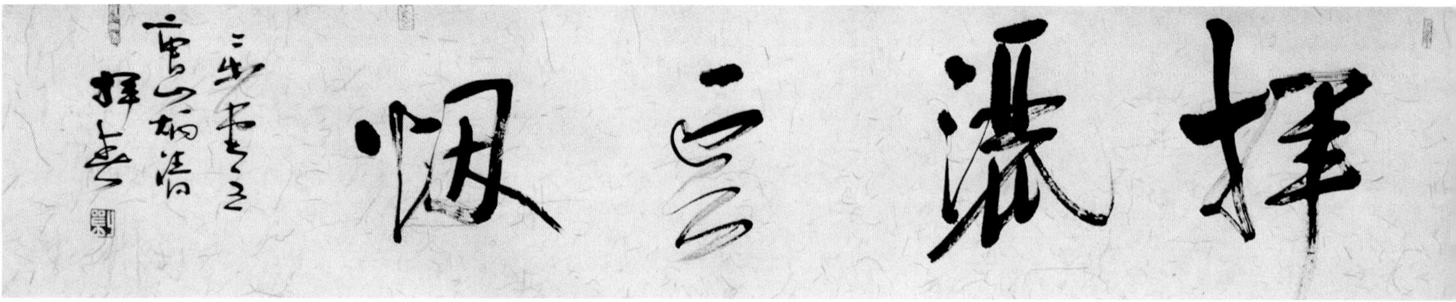

挥洒云烟　30cm×135cm

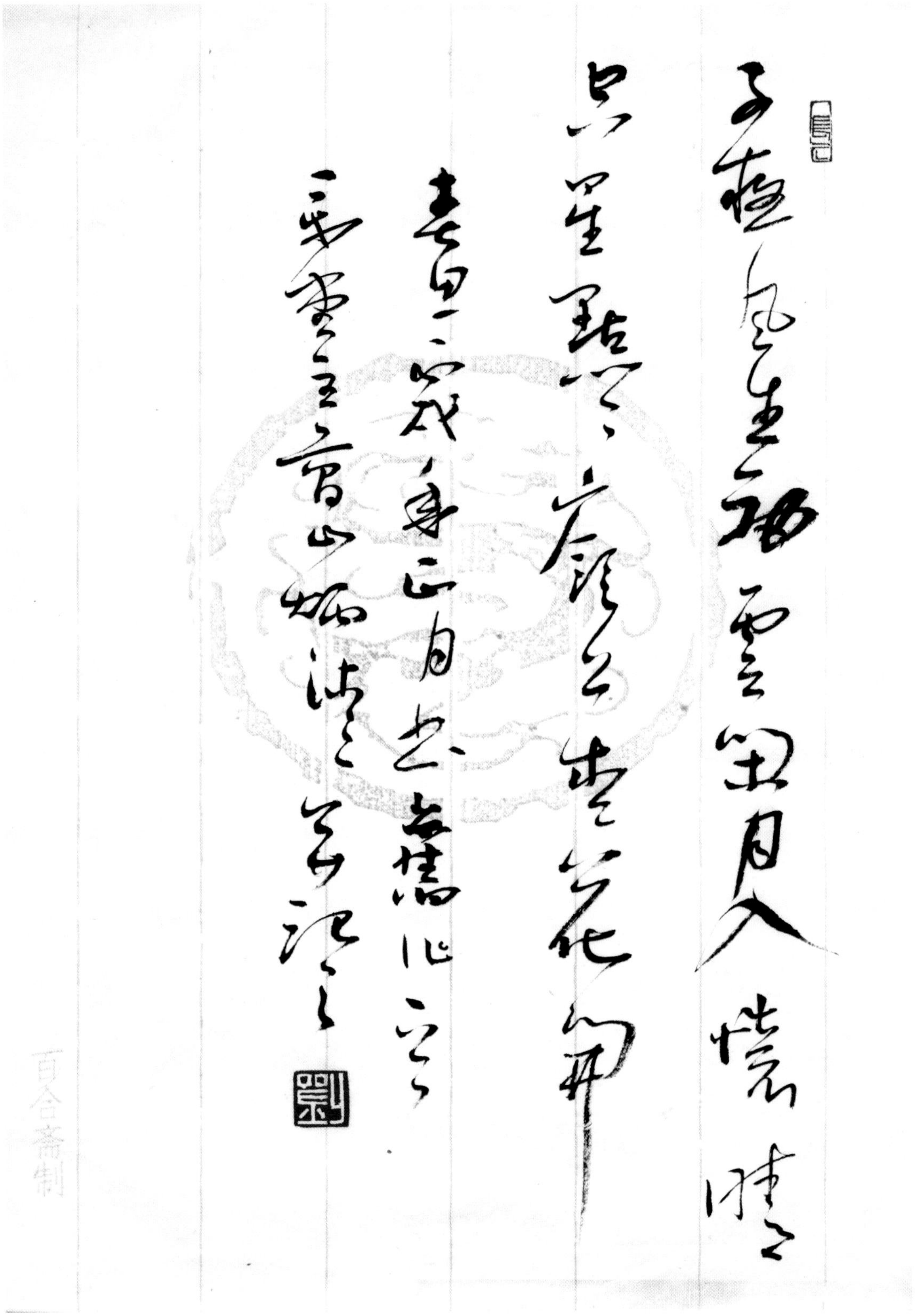

自作诗《子夜》
32cm×23cm

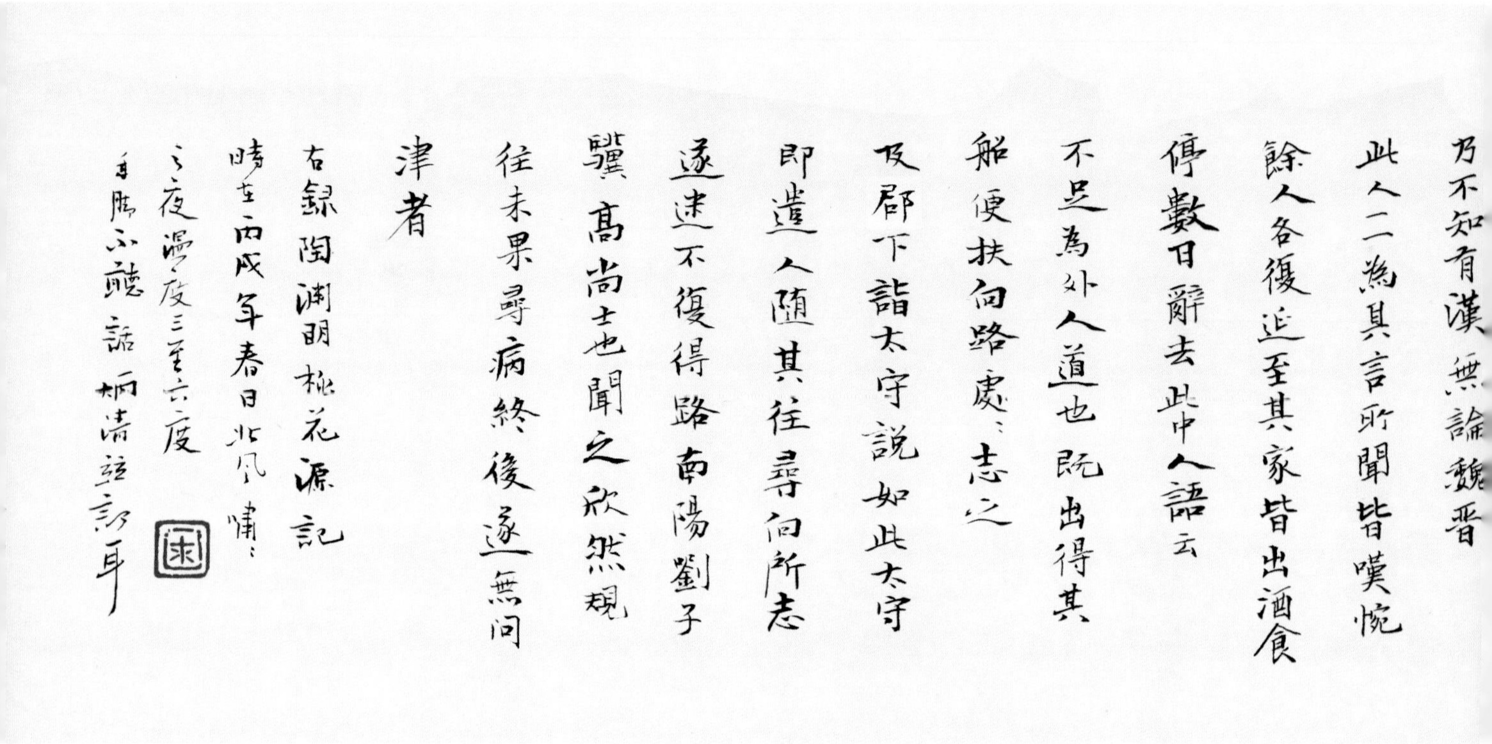
乃不知有漢無論魏晉
此人一一為具言所聞皆嘆惋
餘人各復延至其家皆出酒食
停數日辭去此中人語云
不足為外人道也既出得其
船便扶向路處處志之
及郡下詣太守說如此太守
即遣人隨其往尋向所志
遂迷不復得路南陽劉子
驥高尚士也聞之欣然規
往未果尋病終後遂無問
津者
右錄陶淵明桃花源記

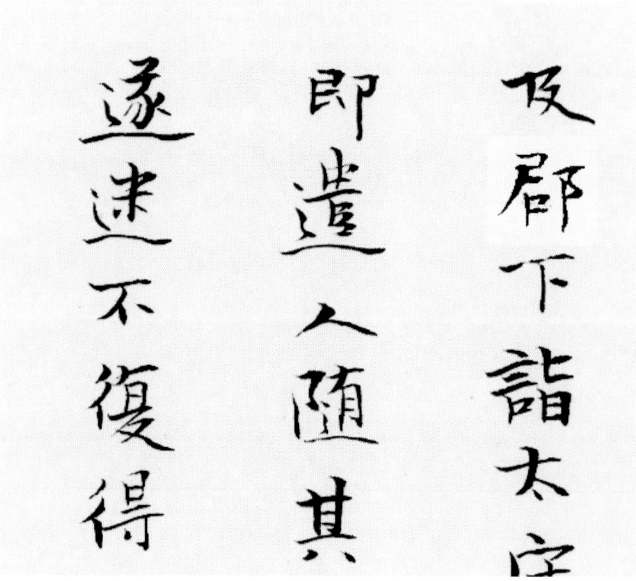
及郡下詣太守
即遣人隨其
遂迷不復得

小楷手卷(局部)

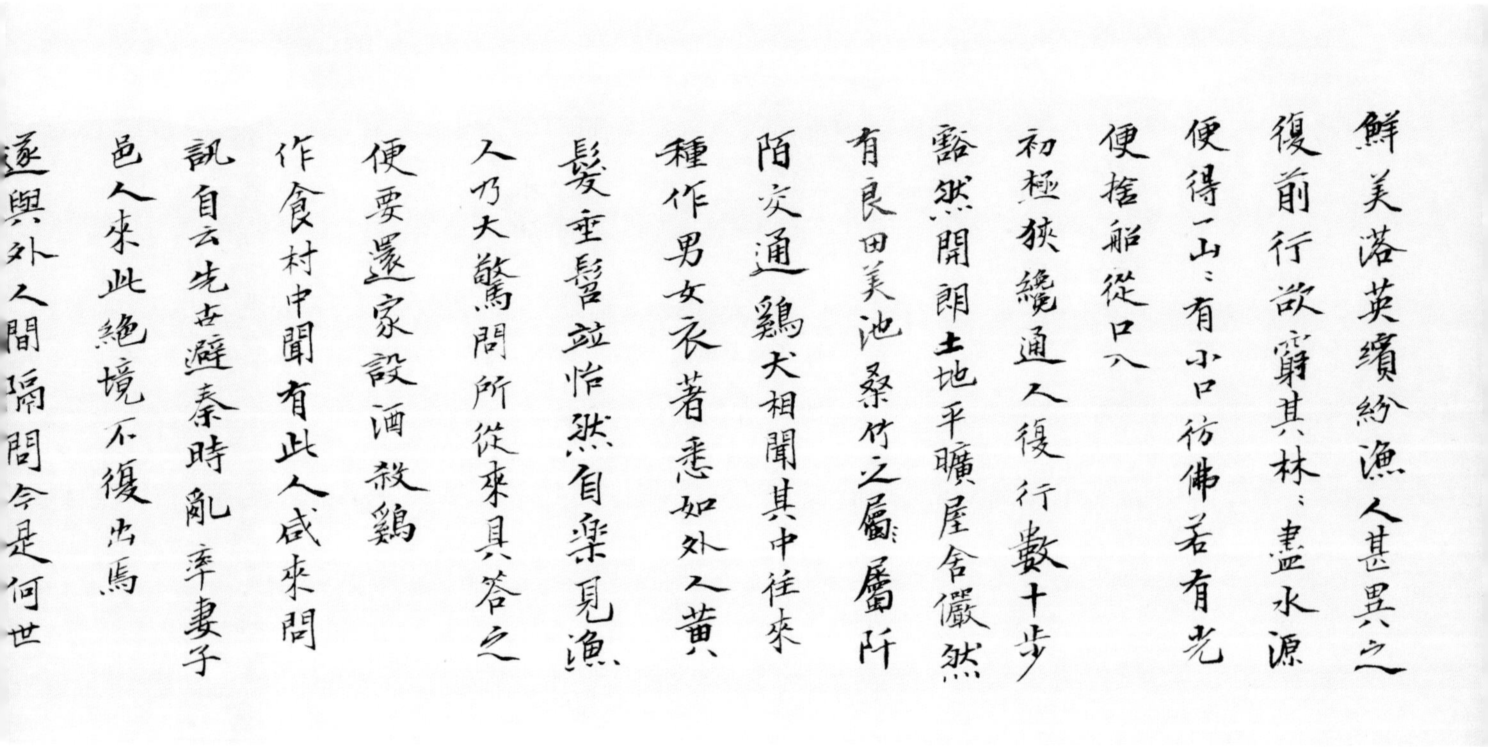
鮮美落英繽紛漁人甚異之
復前行欲窮其林林盡水源
便得一山山有小口彷彿若有光
便捨船從口入
初極狹纔通人復行數十步
豁然開朗土地平曠屋舍儼然
有良田美池桑竹之屬屬阡
陌交通鷄犬相聞其中往來
種作男女衣著悉如外人黃
髮垂髫並怡然自樂見漁
人乃大驚問所從來具答之
便要還家設酒殺鷄
作食村中聞有此人咸來問
訊自云先世避秦時亂率妻子
邑人來此絕境不復出焉
遂與外人間隔問今是何世

小楷手卷(部分)　16.5cm×500cm

李廣有射虎之威至老無
封馮夷有乘龍之才一生
不遇楚霸英雄敗於烏江
自刎韓信未遇甘受胯下
之辱及至運行腰懸三齊
王印一旦時衰死於陰人
之手有先貧而後富有老
壯而少衰滿腹文章白髮
竟然不中才疏學淺少年
及第登科深院宮娥時衰
淪為妾妓風塵妓女運來
配作夫人青春美女匹配
愚蠢之夫俊秀郎君婚娶
粗醜之婦蛟龍未遇潛伏
于魚蝦之間君子失時拱
手於小人之下衣服雖破

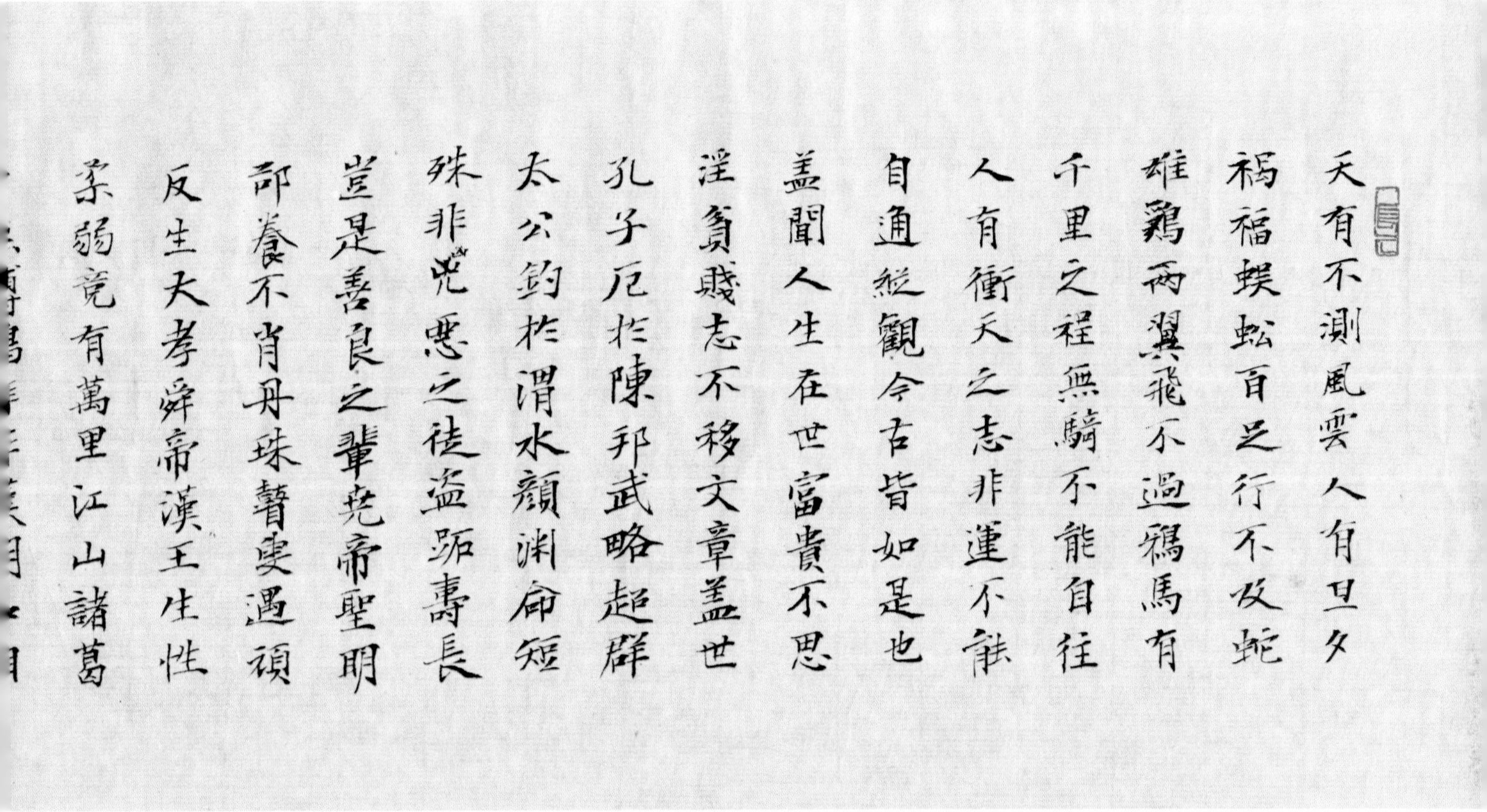
天有不測風雲人有旦夕
禍福蜈蚣百足行不及蛇
雄鷄兩翼飛不過鴉馬有
千里之程無騎不能自往
人有衝天之志非運不能
自通縱觀今古皆如是也
蓋聞人生在世富貴不思
淫貧賤志不移文章蓋世
孔子厄於陳邦武略超群
太公釣於渭水顏淵命短
殊非兇惡之徒盜跖壽長
豈是善良之輩堯帝聖明
卻養不肖丹珠瞽叟遇頑
反生天孝舜帝漢王生性
柔弱竟有萬里江山諸葛

小楷手卷(部分)　135cm×15cm

身雖鞠躬於一人之下而
列職于萬人之尊思衣有
羅錦千箱思食有珍饈百
味上人寵下人擁人道我
貴非我之能也此乃時也
運也命也嗟乎人生在世
草木一春貴不驕窮不餒
聽由天地循環周而復始
焉一生皆由命半點不由
人

呂蒙正 勸世文

呂蒙正北宋宰相洛陽人
幼年窮困后發奮好學宋太宗
真宗兩朝他曾三居相位封
昭文館大學士
丙戌年五月十六日庭錄於
二步室齋記章炳清

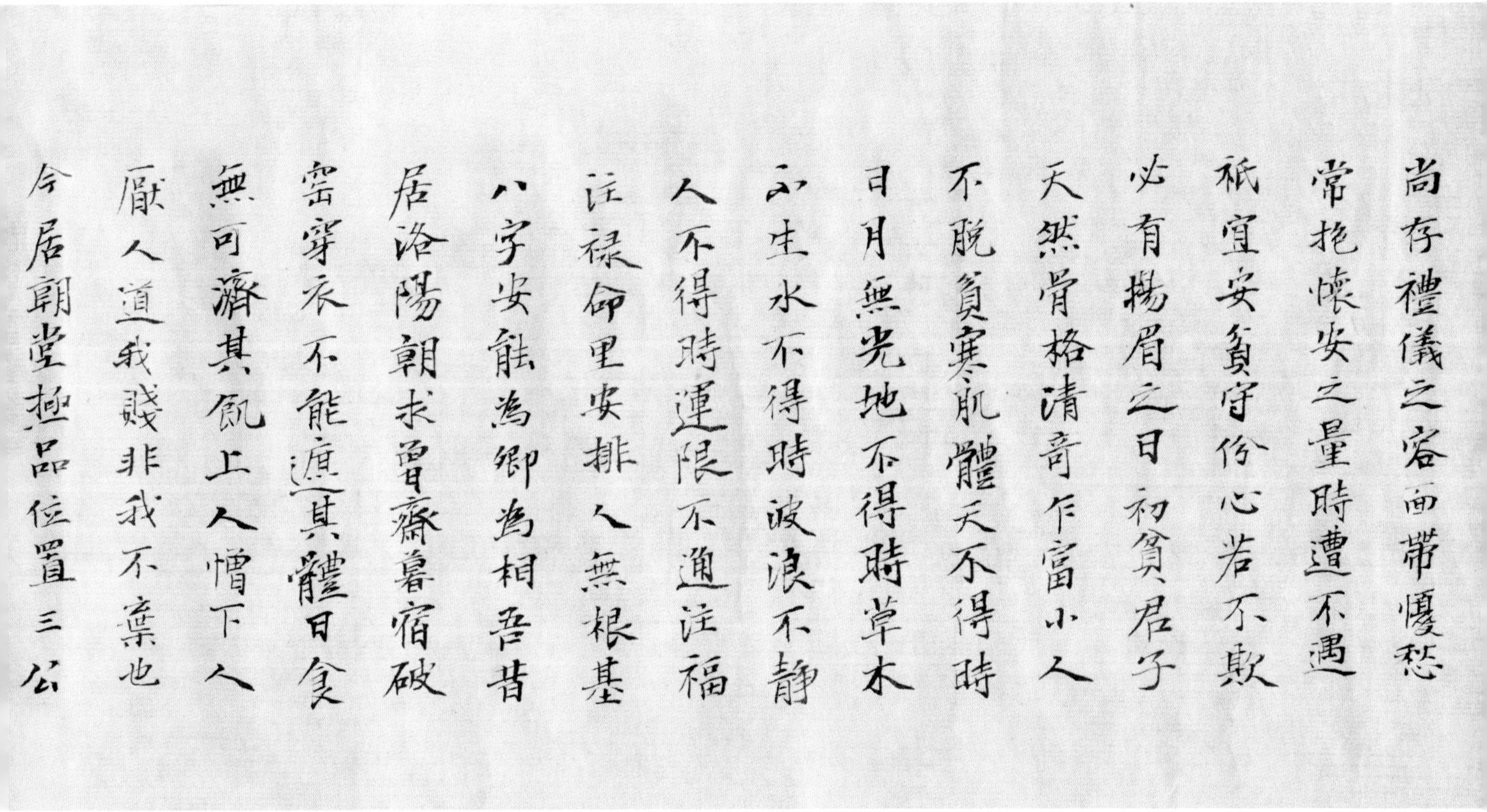
尚存禮儀之容面帶憂愁
常抱懷安之量時遭不遇
祇宜安貧守份心若不欺
必有揚眉之日初貧君子
天然骨格清奇乍富小人
不脫貧寒肌體天不得時
日月無光地不得時草木
不生水不得時波浪不靜
人不得時運限不通注福
注祿命里安排人無根基
八字安能為卿為相吾昔
居洛陽朝求僧齋暮宿破
窑穿衣不能遮其體日食
無可濟其飢上人憎下人
厭人道我賤非我不棄也
今居朝堂極品位置三公

小楷手卷(部分)　135cm×15cm

自作诗《春夜习书偶得》
32cm×23cm

为年寒中新雅难学更篇
以力殊梯帝然隐时无难
推意以觉论墨残

老夫喜书偶得之戊寅年冬日 桂林人
青山刘纲清记于松之书

自作诗《题画》
32cm×23cm

鷺鷥江西之淺群低飛集之
山殘白雲宿後栖前千樹綠
鷺鷥三五舞七八四春
題畫詩一首壬戌年
西暮書于椰洲存園七十二歲筆

自作诗《荒村》
32cm×23cm

崑都野樹嶺青〻北岸南坡鳥共
鳴昨夜春風溫拂煦今朝放眼
燦霓旋
題畫詩崑村言
戊戌年冬雨書山如清記於三步堂

自作诗《题风门古径》
32cm×23cm

芙蓉楼倚烟霞翠浦之边有
姓寄古远风以何为远意之小
径石阶斜
麓也题风以古径之
以之古径系翠浦之景点也
丙戌年四月桂林人柄清於二步书

自作诗《赏桂花念友人》
32cm×23cm

夜而闌丹桂秋風送晚香昂首邀明月枝頭
耀金光故園何不美遊子歸夢長

夜而闌丹桂秋風送晚香昂首邀明月
枝頭耀金光故園何不美遊子歸夢長

獨自他鄉年年賞桂花
念故人歲年春如清華詩乎
此詩作於亡國之城市之花
出為之之處

自作诗《心洵》
32cm×23cm

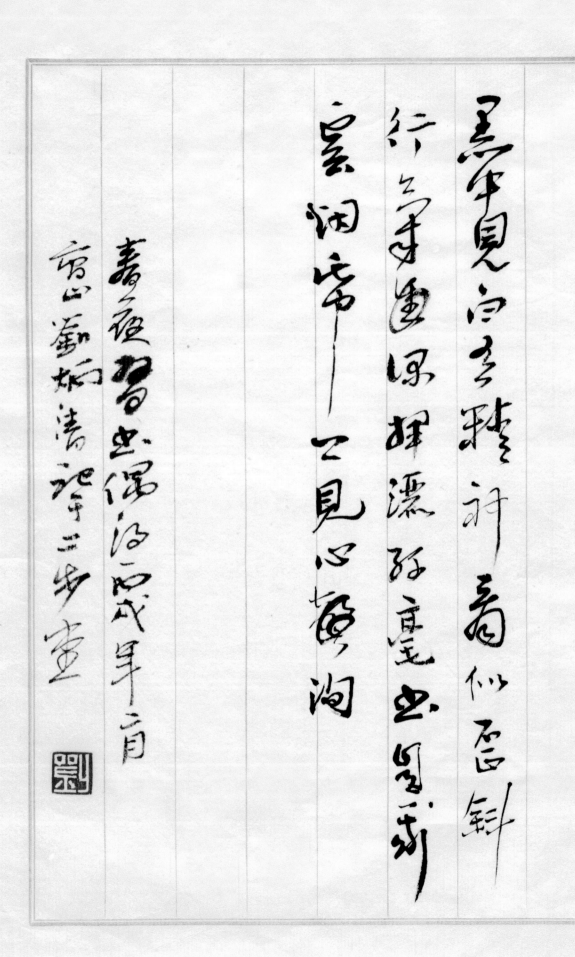

墨中見白去雕飾畫似臥針
行云筆畫深揮灑豁毫出鋒利
空潤常下見心機淘

書癡習書偶得甲戌年二月
京口劉炳清記于二步堂

劉

山海（刻字）
40cm×40cm

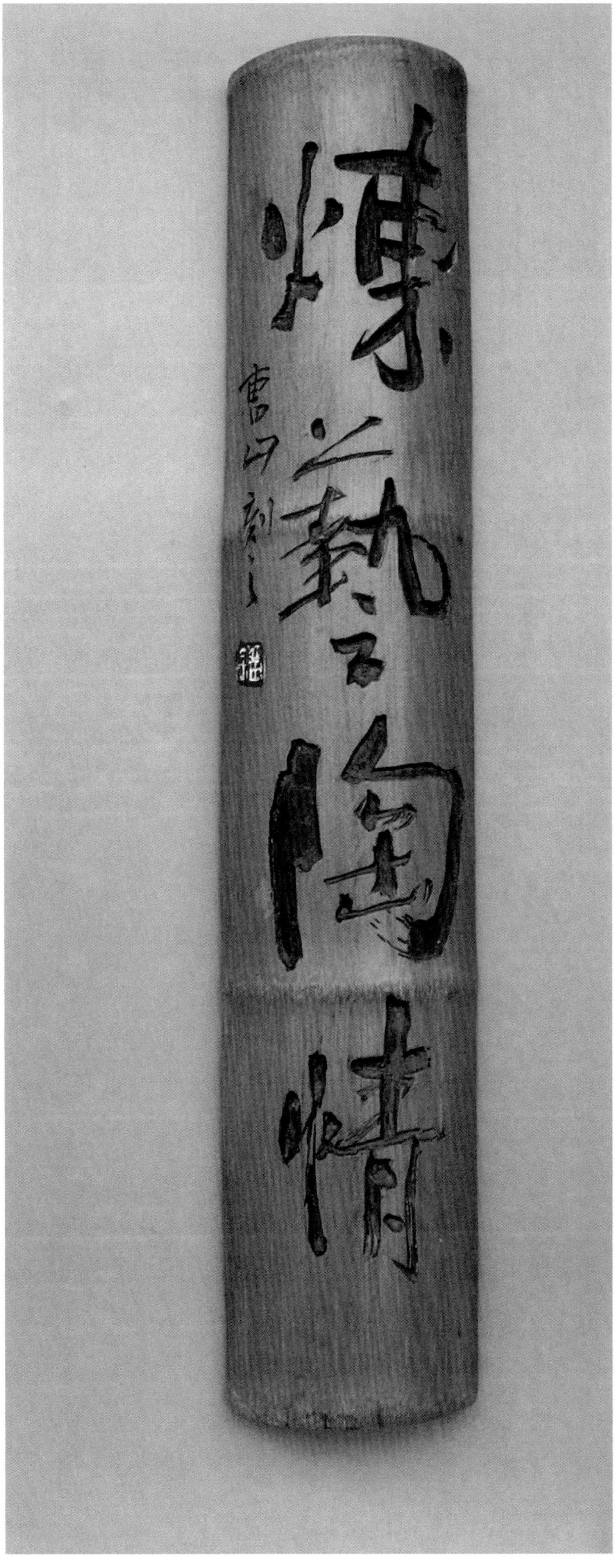

炼艺陶情（刻字）
58cm×12cm

道法自然（刻字）　40cm×40cm

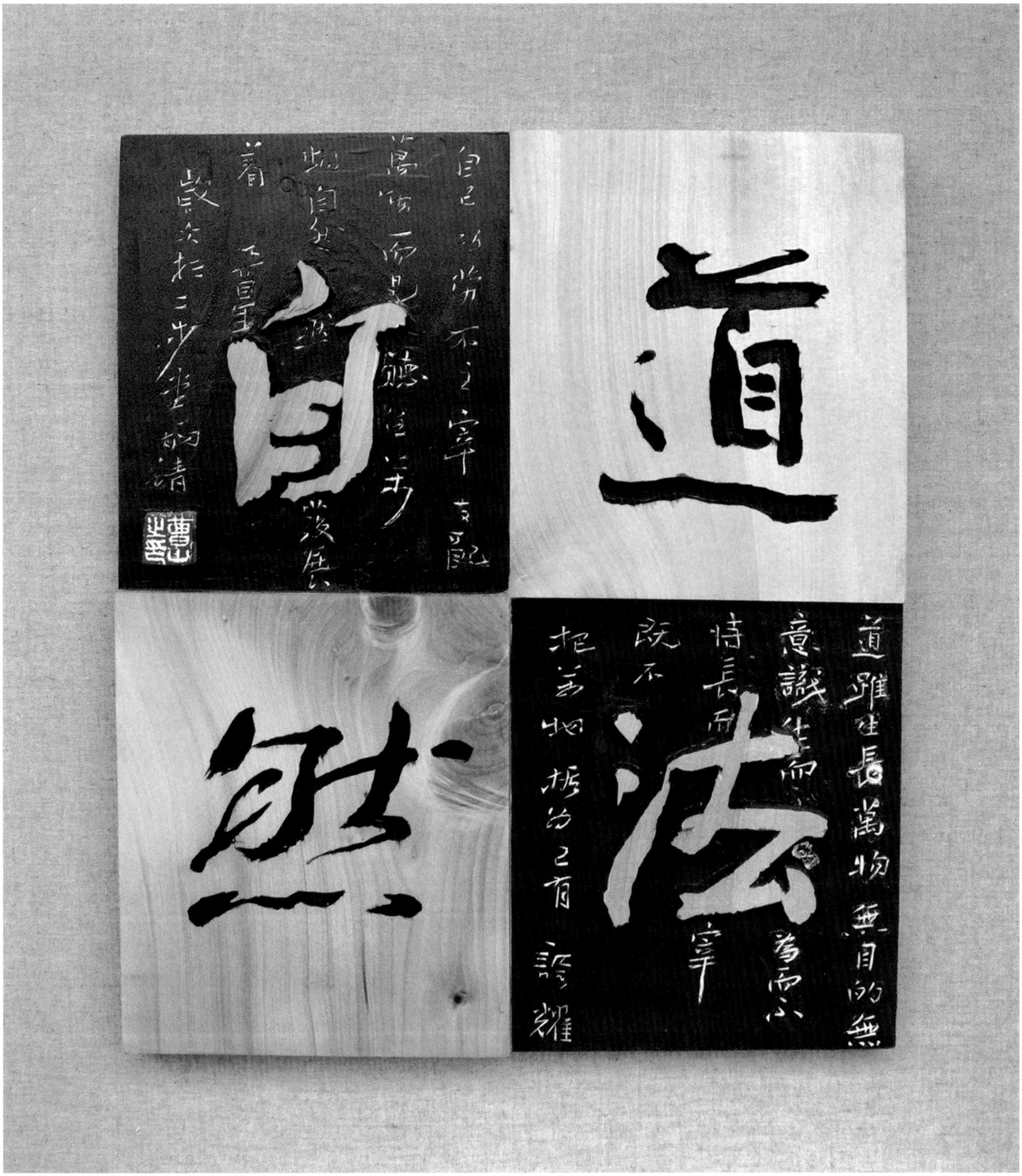
自
道
然
法

柳暗花明又一村（刻字） 36cm×38cm

炳清製造

天长地久（刻字） 56cm×55cm

回家　69cm×73cm

寒梅 44cm×40cm

墙角数枝梅凌寒独自开
遥知不是雪为有暗香来

山寨草堂　69cm×69cm

弱荷　23cm×58cm

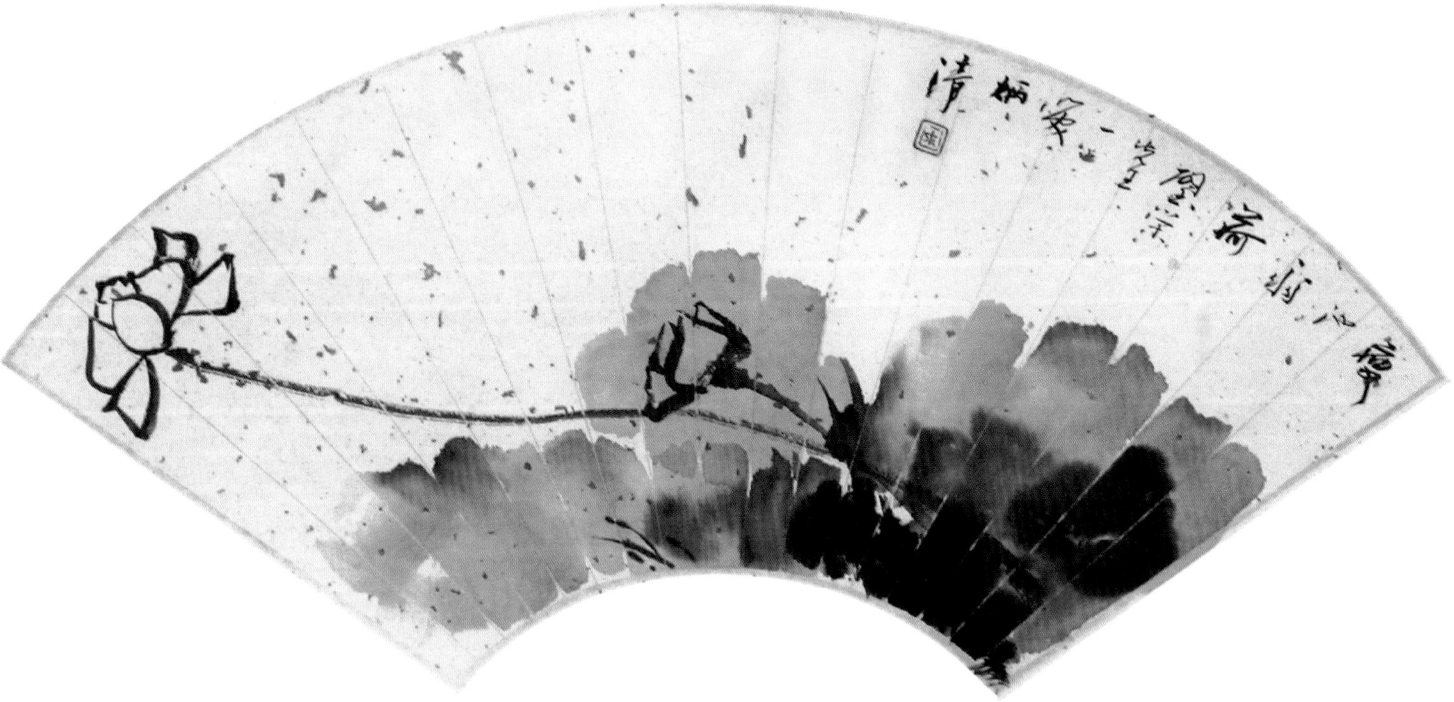

乡村 69cm×69cm

鄉郁小景 二零零六年
正月初七樹清寫記

黄花　69cm×69cm

黄花似錦
狗年正月初七写炳清

山水　23cm×58cm

山外青山甲申年春日劉炳清畫并記之

兰花　61cm×61cm

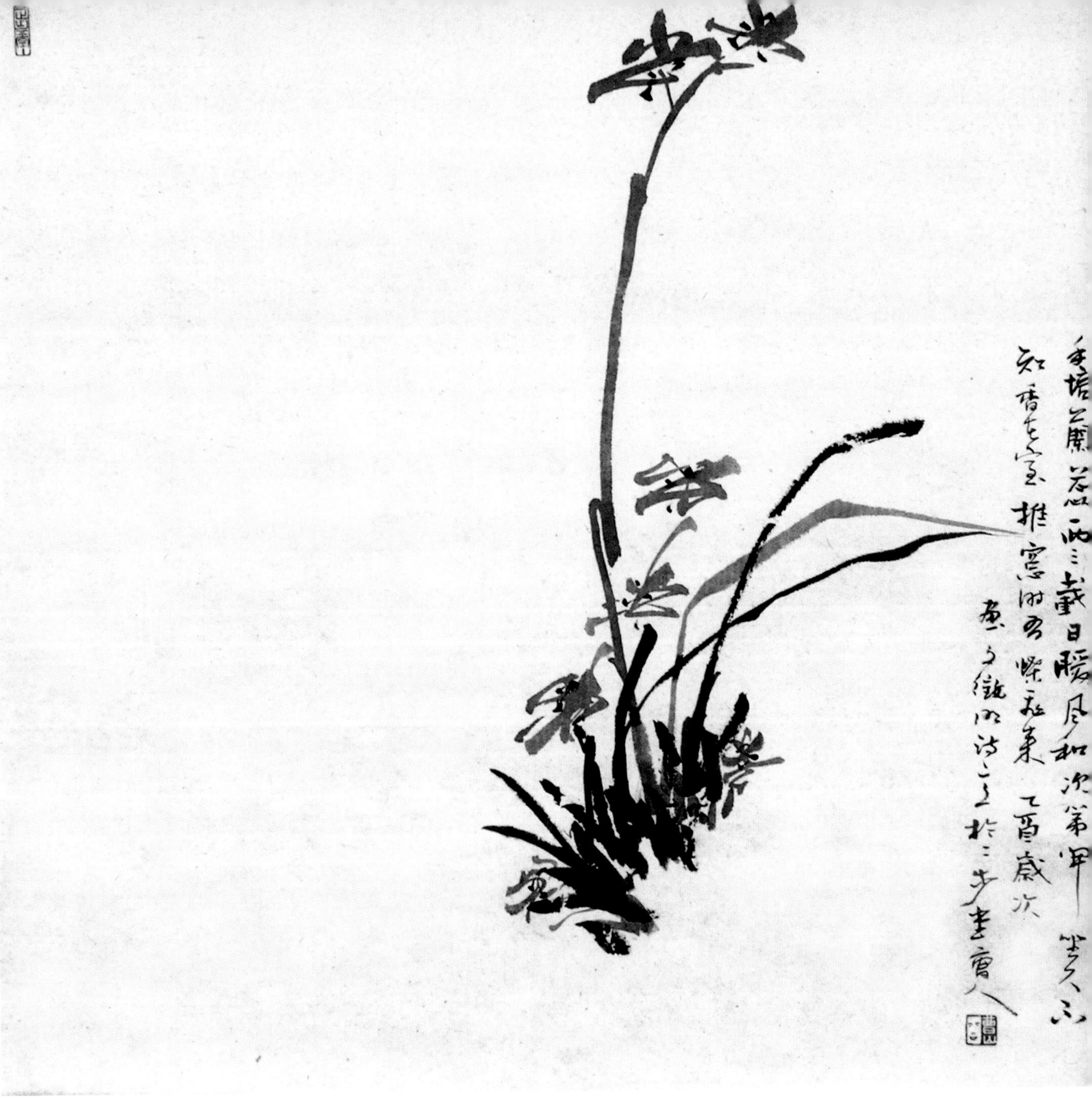

炳清书印

二步堂主

曹山书画

刘

人长久

建中之印

张长胜印

曹山

长思

邦雄之印

真水无香

春春书印

二步堂

孔见之印

刘炳清艺术活动掠影

出席北京第十一届国际潮人社团联谊年会暨团长、秘书长会议，与全国政协常委庄世平先生（中）在招待会上。

与澳门特区政府发言人唐志坚（左三）、原珠海市副市长罗知（左四）在庆祝澳门回归祖国二周年澳、汕、珠书画联展暨刘炳清画展开幕式上。

在中日书画交流会上与著名书画家黄独峰(左)、黄云先生(中)在一起。

与广州军区副司令（中将）、书法家欧金谷(左)合影于家中。

与著名书画家阳太阳（中）、轩海松先生（左）在一起。

在广州部队与军旅书法家交流。

在桂林栖霞寺参加湖南衡山主持释大岳先生书法展开幕式。与书法家释大岳（右二）、宋传善（右一）、孙根宁（左一）先生合影。

在刘炳清书法作品展上，聆听原广西壮族自治区副主席史清盛（右一），原桂林市人大副主任、著名书法家张开政先生（左二），桂林市书协副主席、著名书法家王志介先生（左三）的点评。

参加在广州市举行的中南五省书法联展，与著名书法家、湖北省书协主席钟鸣天（右二），副主席铸公（左一），广西书协副主席王精（左二）合影于广东中山市。

2004年在广西艺术学院讲学，与书法家林建勋（左三）、闭理书（左二）、黄志深（左一）、陈史文（右一）合影。

中国书法家协会第四次全国代表大会留念　2000.12.21 北京

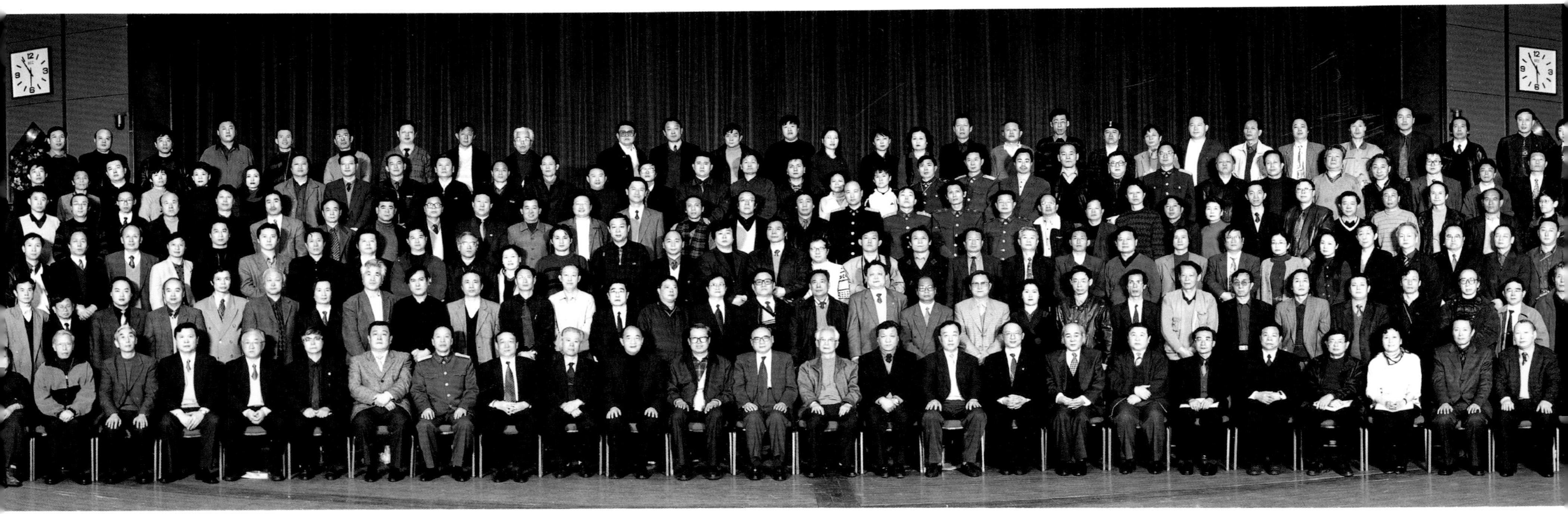

2000年12月在北京出席中国书法家协会第四届全国会员代表大会合影（二排右起9为作者）

想说的话

一九九六年我出版了《刘炳清书画集》，至今已有十年了，近期诸多朋友催促我再出一册。出版书画集并非易事，既要考虑作品是否有新意、有个性和创作形式上的突破等因素，也要考虑读者能否接受，弄得不好就会枉占人家书架。正因为难，故我迟迟不敢动笔。我也知道见仁见智，山外有山。今我推出这本新集子，斗胆地把它看成是一种练习罢了。所以，我尽能力去做。

我在学书法之余偶尔也画些小画，作些小诗，搞些篆刻和现代刻字艺术，来充实和提高创作的思路。因为绘画和刻字比起书法创作更需要耐心，现代刻字艺术集中书法、美术及现代构成为一体，是书法艺术的再创作，它能提高我的思维和动手能力，而且手法更加丰富，比如色彩、肌理、构图、材质都有讲究，达到化腐朽为神奇的效果。现代刻字艺术，更着重于材质的自然形成，巧妙地利用不规则的多种材质作为基调刻制，具有时代的冲击力。因此，学书之余，旁及其他姊妹艺术，从不同的艺术观点去审视，去拓宽自己的创作思路，而不受其他因素影响，出现创作上的模式化和相对固定的局面。

书法这个行当想要把它经营好，确实有一定的难度，要用平常的心态去对待创作，去寻找灵感，去抒发自己的感情和找出矛盾之所在。把握不住时代的精神，对书法的继承和创新理解不够充分，就无法再提高自己的创作能力。我在迷茫时，会调整学习方法，冷静地去思考，去听取能者之见，来弥补自己的不足，这就是我对书法艺术的认识和理解。我没有夸大其词，我更不想去谈论别人的作品，但我会千方百计去“偷”取古人和今人的好东西来充实自己。

作品集的出版，一是对自己从事书法艺术的阶段性总结，二是与不同层面的朋友进行交流，并听取读者意见。在出版这本集子过程中得到著名书法家张开政先生，书友宋传善、吴昌明、林锐翰先生以及陈少湖、周修鸿、郑汉民、陈自潮先生等及家人的大力支持和帮助，谨此一并表示感谢，同时希望读者不吝赐教。

刘炳清

二零零六年五月于桂林二步堂

图书在版编目（CIP）数据

刘炳清书画作品集 / 刘炳清著. 一南宁：广西美术出版社，2006.6

ISBN 7-80674-910-1

Ⅰ.刘... Ⅱ.刘... Ⅲ.①汉字－书法－作品集－中国－现代②中国画－作品集－中国－现代 Ⅳ.J222.7

中国版本图书馆CIP数据核字（2006）第064335号

责任编辑：谭海寿
作品摄影：刘炳河　刘晓春
装帧设计：木　子
责任效对：欧阳耀地
封面设计：林锐翰

刘炳清书画作品选
Liu bingqing Shuhua Zuopin Xuan
著作：刘炳清
出版：广西美术出版社
社址：广西南宁市望园路9号(530022)
发行：全国新华书店
制版：深圳市普加彩印务有限公司
印刷：深圳市普加彩印务有限公司
开本：889mm x 1194mm 1/16
印张：5
印次：2006年6月第1版第1次印刷
印数：2000册
书号：ISBN 7-80674-910-1
定价：48.00元